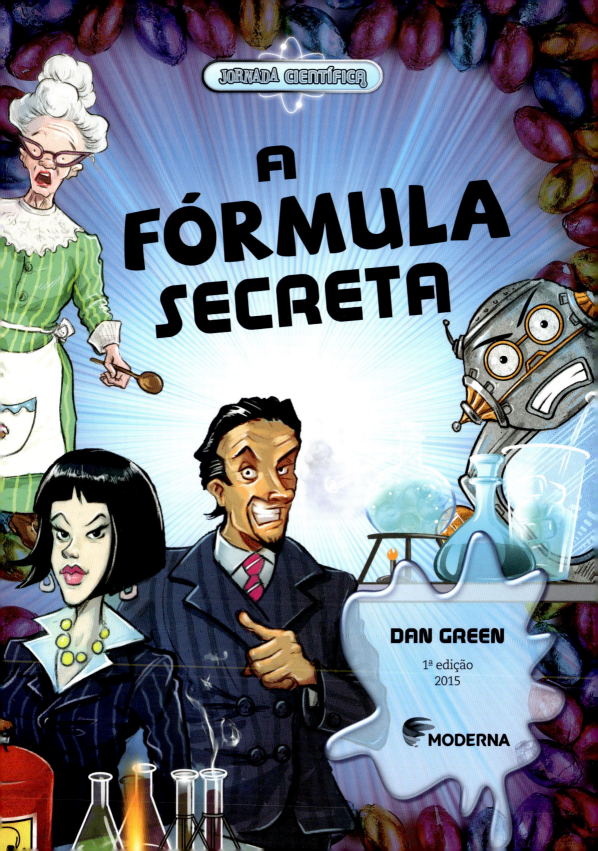

Título original: The Secret Formula
Copyright © QED Publishing 2013
Publicado primeiramente no Reino Unido por QED Publishing
Uma empresa do Grupo Quarto, 1 Triptych Place
Londres SE1 9SH
Todos os direitos reservados

COORDENAÇÃO EDITORIAL: Lisabeth Bansi
ASSISTÊNCIA EDITORIAL: Patrícia Capano Sanchez
TRADUÇÃO: Daniela Peres Almenara
PREPARAÇÃO DE TEXTO: Lia Sanchez
COORDENAÇÃO DE EDIÇÃO DE ARTE: Camila Fiorenza
DIAGRAMAÇÃO: Michele Figueredo
COORDENAÇÃO DE REVISÃO: Elaine C. del Nero
REVISÃO: Ana Cortazzo, Dirce Y. Yamamoto

Créditos das imagens:
Shutterstock: Aleksandr Bryliaev, 41; ARENA Creative, 21, 42; Eliks 10; haru,13; Gorbash Varvara, 38; K. A. Willis, 1, 40; mik photographer, 5, 12, 18, 33, 39; Mitar Vidakovic, 2, 21, 26; olavs, 31; oriontrail, 43; PhotostockAR, 31, 48; Shcherbakov Roman, 37; Takra, 22; Zora Rossi, 23.

Dados Internacionais de Catalogação na Publicação (CIP)
(Câmara Brasileira do Livro, SP, Brasil)

Green, Dan
  A fórmula secreta : uma aventura química de quebrar a cabeça! / Dan Green ; [tradução Daniela Peres Almenara]. – 1. ed. – São Paulo : Moderna, 2015.

  Título original: The secret formula
  ISBN 978-85-16-09674-8

  1. Química – Literatura infantojuvenil I. Título.

15-00046   CDD-028.5

Índices para catálogo sistemático:
1. Química : Literatura infantil 028.5
2. Química : Literatura infantojuvenil 028.5

Reprodução proibida. Art. 184 do Código Penal e Lei 9.610 de 19 de fevereiro de 1998.

Todos os direitos reservados

EDITORA MODERNA LTDA.
Rua Padre Adelino, 758 - Quarta Parada
São Paulo – SP – Brasil – CEP 03303-904
Vendas e Atendimento: Tel. (11) 2790-1300
www.moderna.com.br
2024
Impresso na China

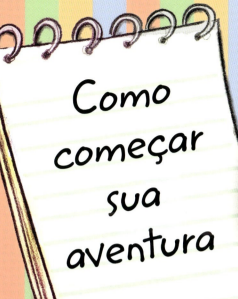

Como começar sua aventura

Você está pronto para uma aventura incrível – cheia de quebra-cabeças alucinantes, voltas e reviravoltas – que vai testar os limites do seu raciocínio? Então este livro é para você!

A Fórmula Secreta não é um livro como outro qualquer. Você não lê as páginas na ordem em que se apresentam (1, 2, 3...). Você pula para a frente ou para trás conforme o enredo se desdobra. Algumas vezes você vai se perder no caminho, mas a história logo o guiará de volta ao ponto em que precisa estar.

A história começa na página 4. Imediatamente você encontrará enigmas para resolver, escolhas a fazer e pistas para coletar. As opções aparecerão desta maneira:

SE VOCÊ ACHA QUE A RESPOSTA CORRETA É A LETRA A, VÁ PARA A PÁGINA 10.

SE VOCÊ ACHA QUE A RESPOSTA CORRETA É A B, VÁ PARA A PÁGINA 18.

Sua tarefa é resolver cada problema. Então, se achar que a resposta correta é A, vá para a página 10 e procure pelo mesmo símbolo em azul. É lá que você encontrará a próxima parte da história.

Se fizer a escolha errada, o texto explicará porque você errou e lhe dará uma nova chance.

Os problemas nesta aventura são sobre matéria, compostos e reações químicas. Para resolvê-los, você deve usar suas habilidades científicas. Para ajudá-lo, no fim do livro (p. 44) há um glossário com diversos termos.

VOCÊ ESTÁ PRONTO?
VIRE A PÁGINA E DEIXE A AVENTURA COMEÇAR!

Não. Isso apenas torna os grãos de sal e areia menores e mais difíceis de separar.

VÁ PARA A PÁGINA 27 E TENTE NOVAMENTE

O giz não tem nenhum efeito sobre o gelo.

TENTE NOVAMENTE NA PÁGINA 35

Correto! O gelo é água na forma sólida. O robô vai embora. Você vê um envelope dourado em uma caixa de vidro fechada e protegida por uma senha.

ENCONTRE O ESTADO FÍSICO DA ÁGUA QUE ESTÁ FALTANDO

O VAPOR-D'ÁGUA EVAPORA E FORMA AS NUVENS. VÁ À PÁGINA 16

O VAPOR-D'ÁGUA SE CONDENSA E FORMA NUVENS. VÁ PARA A PÁGINA 11

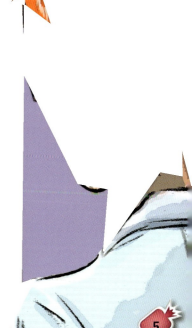

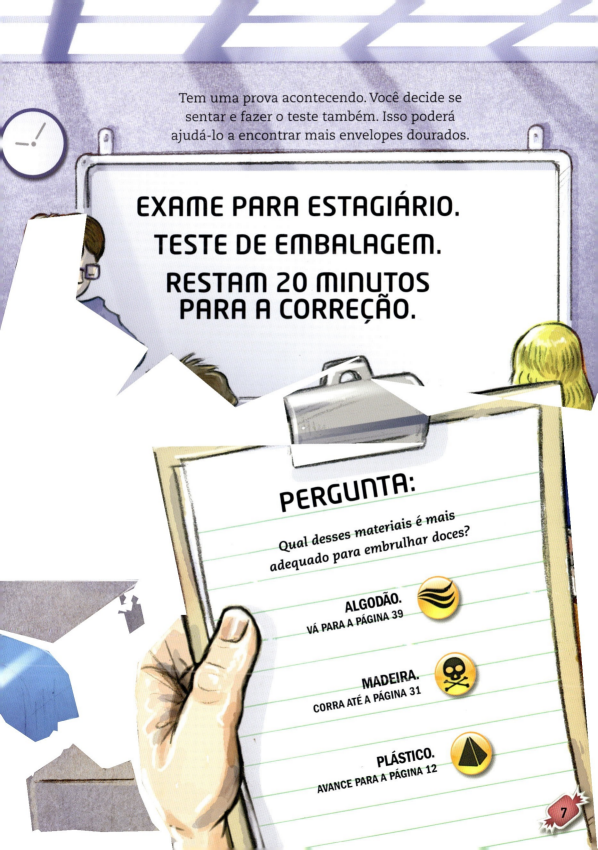

Ferver a amostra irá remover a água, mas a areia e o sal permanecerão misturados.

VÁ PARA A PÁGINA 36 E ESCOLHA OUTRA VEZ

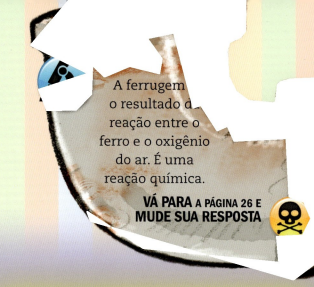

A ferrugem o resultado d reação entre o ferro e o oxigênio do ar. É uma reação química.

VÁ PARA A PÁGINA 26 E MUDE SUA RESPOSTA

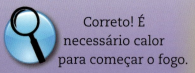

Correto! É necessário calor para começar o fogo.

Você pega o segundo envelope dourado e entra em outra sala: **Laboratório 3: Sala da Água**.

Você tenta abrir a porta, mas está trancada. Um painel, ao lado, está aceso.

SENHA NECESSÁRIA

PREENCHA COM A PALAVRA CORRETA

O movimento dos diferentes estados físicos da água na natureza é conhecido como...

CICLO DA CONDENSAÇÃO.
VÁ PARA A PÁGINA 41

CICLO DA ÁGUA.
VÁ PARA A PÁGINA 18

Os pequenos cristais brilham dentro da chama. Isso ocorre porque o sal é um composto químico conhecido como cloreto de sódio e o sódio sempre queima nas chamas alaranjadas. Isto é conhecido como **teste de chama**. De repente todas as luzes se apagam. Uma queda de energia – tudo o que você não precisava!!

A sala precisa ficar fria! O sorvete vai derreter!

O que você deve fazer?

ABRIR A PORTA DA SALA E DEIXAR O AR FRESCO ENTRAR.
VÁ À PÁGINA 12

COBRIR O SORVETE COM UM COBERTOR.
VÁ PARA A PÁGINA 23

 O mármore é uma rocha dura, então os doces também serão duros.

OLHE NA PÁGINA 11 E TENTE NOVAMENTE

186 °C é a temperatura em que o açúcar derrete (fica líquido). A água ferve (torna--se vapor) em uma temperatura mais baixa do que essa.

VÁ PARA A PÁGINA 21 E TENTE DE NOVO

O pó de talco só cobrirá o gelo com uma poeira branca. Nada útil.

VÁ PARA A PÁGINA 35 E **PENSE UM POUCO MAIS**

Não. Condensação é a mudança do estado gasoso para o líquido. É o processo oposto à evaporação.

TENTE NOVAMENTE
NA PÁGINA 28

O químico belga Jean Joseph Etienne Lenoir produziu o primeiro motor de combustão a gás em 1860.

AVANCE PARA A PÁGINA 42 E **TENTE NOVAMENTE**

O carbono é importante porque compõe nosso DNA – conjunto de instruções que nosso corpo usa para construir nossas células e fazê-las funcionar. Mas ele não é o elemento mais abundante em nosso corpo.

TENTE OUTRA VEZ
NA PÁGINA 33

Isso! A condensação transforma o vapor em água líquida, formando as nuvens.

Você pega o envelope! Faltam apenas mais dois! Próxima parada: **Laboratório de Rochas**.

Você entra e vê que as bancadas estão cobertas por rochas. Ao lado de cada uma das rochas há um doce diferente, preparado para se parecer com essa rocha e ter a mesma textura. Talvez você experimente alguns...

Mas tome cuidado! Os doces que se parecem com rochas duras podem quebrar seus dentes! Você deve escolher um doce macio. Qual seria?

BOMBOCADO DE GIZ

VÁ PARA A PÁGINA 39

PIRULITO DE GRANITO

VÁ PARA A PÁGINA 12

Delícia de Mármore

OLHE NA PÁGINA 9

Para ser levantado, você precisa de um gás mais leve que o ar, então usar o próprio ar não dá certo.

ESCOLHA NOVAMENTE NA PÁGINA 29

Errado. A soja é usada para ajudar a "compactar" o chocolate.

VÁ PARA A PÁGINA 20 E TENTE DE NOVO

 Correto! Você não consegue fazer os ingredientes do bolo voltarem à forma original. Quando você os mistura, uma nova substância é criada.

Você chega aos laboratórios. O primeiro é o **Laboratório de Ácidos**, onde o técnico o aguarda.

LABORATÓRIO 1: ÁCIDOS

Sei que você é novo, mas espero que se ligue rápido no assunto. Sou o Sr. Peters, o técnico. Vamos começar? Aqui vai um pequeno teste: Qual desses produtos pode ser adicionado aos doces com segurança?

ÁCIDO CÍTRICO.
VÁ ATÉ A PÁGINA 19

ÁCIDO SULFÚRICO.
OLHE NA PÁGINA 23

Correto. Pequenos poros nas rochas permeáveis deixam a água passar. Você pega o quarto envelope dourado. Falta apenas um! Entre no **Laboratório de Química**.

O laboratório está escuro, então você entra devagar. A porta bate logo atrás e você se vê cara a cara com Kristian e Karina Krunchy, os diabólicos chefões da Corporação Krunchy.

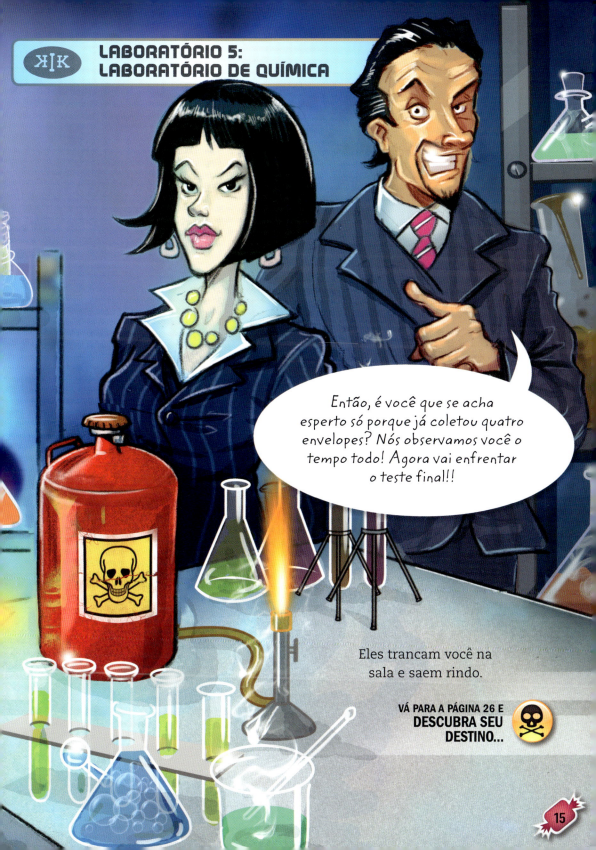

Não. Evaporação é quando um líquido se transforma em gás. A água de rios, lagos e oceanos evapora após ser aquecida pelo Sol. Conforme o vapor sobe, ele esfria até transformar-se novamente em gotículas de água (estado líquido), formando as nuvens.

VOLTE PARA A PÁGINA 5 E TENTE OUTRA VEZ

O químico italiano Alessandro Volta inventou a primeira pilha em 1800.

VÁ À PÁGINA 42 E TENTE DE NOVO

Está certo! Você ajudou a Vovó a ligar alguns aquecedores e o chocolate começou a derreter – passando do estado sólido para o líquido.

Você precisa tomar cuidado para que o chocolate não aqueça demais, pois pode queimar.

Qual desses aparelhos deve ser usado para checar a temperatura do chocolate?

UM TERMOSTATO.
VÁ PARA A PÁGINA 38

UM TERMÔMETRO.
OLHE NA PÁGINA 27

UMA GARRAFA TÉRMICA.
VÁ PARA A PÁGINA 43

Não ponha isso na boca! Pode ser extremamente perigoso!

OLHE NA PÁGINA 37 E TENTE NOVAMENTE

Quando a madeira queima, reage com o oxigênio do ar, liberando dióxido de carbono e água. Isso é uma reação química porque algo novo foi criado.

VOLTE PARA A PÁGINA 26 E TENTE DE NOVO

LABORATÓRIO 3: LABORATÓRIO DA ÁGUA

Correto. O ciclo da água representa o movimento da água pelo planeta, uma jornada constante dos mares para as nuvens e depois das nuvens para os mares.

Você entra no laboratório. Está vazio. Você vê água em seus três estados físicos. De repente, um robô aparece.

GELO

VAPOR

ÁGUA

CONFIRME SUA AUTORIZAÇÃO! QUAL DESTES RECIPIENTES APRESENTA ÁGUA NO ESTADO SÓLIDO?

ÁGUA.
VÁ PARA A PÁGINA 20

GELO.
VOLTE PARA A PÁGINA 5

VAPOR.
AVANCE PARA A PÁGINA 38

18

O sal derrete antes da areia, mas somente a 801 °C. Você precisaria de um forno especial para chegar a essa temperatura! De qualquer modo, derreter o sal não iria separá-lo da areia.

PENSE E RESPONDA DE NOVO NA PÁGINA 27

 Correto. O ácido cítrico é encontrado naturalmente em vários tipos de alimentos, incluindo frutas cítricas como laranja e limão. Também é usado como flavorizante em doces como balas e pirulitos.

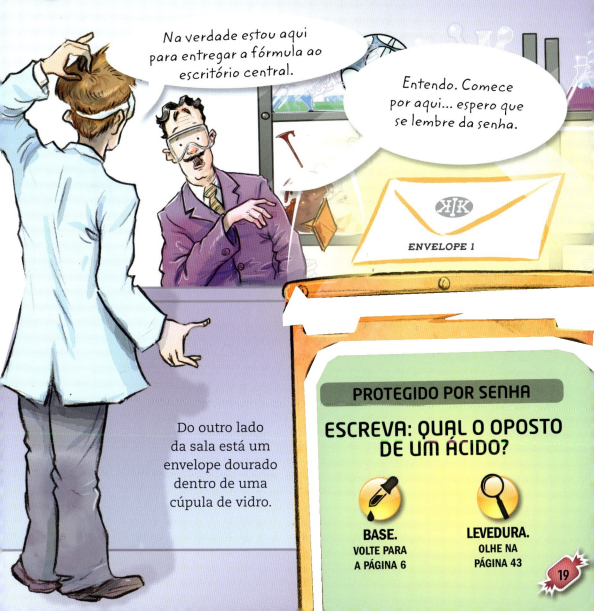

Na verdade estou aqui para entregar a fórmula ao escritório central.

Entendo. Comece por aqui... espero que se lembre da senha.

ENVELOPE 1

Do outro lado da sala está um envelope dourado dentro de uma cúpula de vidro.

PROTEGIDO POR SENHA

ESCREVA: QUAL O OPOSTO DE UM ÁCIDO?

BASE. VOLTE PARA A PÁGINA 6

LEVEDURA. OLHE NA PÁGINA 43

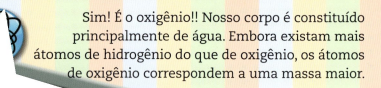

Sim! É o oxigênio!! Nosso corpo é constituído principalmente de água. Embora existam mais átomos de hidrogênio do que de oxigênio, os átomos de oxigênio correspondem a uma massa maior.

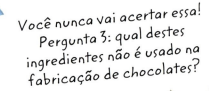

Você nunca vai acertar essa! Pergunta 3: qual destes ingredientes não é usado na fabricação de chocolates?

RAÍZES DE PLANTAS.
VÁ PARA A PÁGINA 34

GRÃOS DE SOJA.
OLHE NA PÁGINA 13

SUCO DE BESOUROS.
AVANCE PARA A PÁGINA 37

Congelar a água salgada poderia funcionar! A água pura congela, deixando o sal de lado, mas isso dá muito trabalho. O sal abaixa o ponto de congelamento da água. Por isso espalhamos sal nas estradas no inverno em lugares muito frios.
VÁ PARA A PÁGINA 41 E **TENTE OUTRA VEZ**

Não. Água está no estado líquido.
VÁ PARA A PÁGINA 18 E **PENSE UM POUCO MAIS**

A Vovó leva você para uma fonte de chocolate, onde todos os ingredientes são misturados para produzir um chocolate delicioso!

"O chocolate endureceu!" — diz a Vovó. "Como vamos deixá-lo líquido de novo?"

ESFRIANDO.
OLHE NA PÁGINA 33

AQUECENDO.
VOLTE À PÁGINA 16

Correto! O *laser* foi inventado pelos físicos e não pelos químicos! O primeiro *laser* foi inventado nos Estados Unidos, em 1953, por Charles Townes.

BEM-VINDO, FUNCIONÁRIO! COMO POSSO AJUDAR?

Estou aqui para pegar a Fórmula Secreta. Por favor, me dê as instruções.

ENTRE COM A SENHA DE SEGURANÇA.

PROTEGIDO POR SENHA

A QUE TEMPERATURA A ÁGUA FERVE?

25 °C.
NA PÁGINA 28

100 °C.
VÁ PARA A PÁGINA 40

186 °C.
VOLTE À PÁGINA

Sim! O plástico não deixa o calor (ou energia térmica) se espalhar facilmente, então é considerado um isolante.

"Vamos para a próxima sala" – diz o instrutor.

Quando estão saindo, você vê outro envelope em uma cúpula de vidro e espera até que todos deixem a sala.

ENVELOPE 2

PROTEGIDO POR SENHA

A COMBUSTÃO (OU QUEIMA) É UMA MUDANÇA IRREVERSÍVEL. ESTE TRIÂNGULO MOSTRA AS CONDIÇÕES NECESSÁRIAS PARA QUE HAJA FOGO.

O que é que está faltando?

OXIGÊNIO
COMBUSTÍVEL
?

CALOR.
OLHE NA PÁGINA 8

AR.
VÁ PARA A PÁGINA 26

MADEIRA.
AVANCE PARA A PÁGINA 30

O ácido sulfúrico é muito forte e muito corrosivo – destrói quase tudo que entra em contato com ele. Ácido sulfúrico em um doce faria derreter parte de sua língua!

TENTE OUTRA VEZ
NA PÁGINA 13

O cálcio é um elemento muito importante, presente em nossos ossos, mas não é o elemento mais abundante.

TENTE DE NOVO
NA PÁGINA 33

Sim, muito esperto! O calor é transmitido de coisas aquecidas (como o ar) para objetos frios (como o sorvete). Um cobertor impedirá que o ar frio, próximo do sorvete, escape. Isso é chamado insulamento. Você não vai evitar que o sorvete derreta, mas isso fará você ganhar tempo até a energia voltar.

Por último, você pega os estoques de açúcar. Os invasores colocaram uma série de lâminas metálicas de todas as formas e tamanhos dentro do tanque. "Como vamos tirá-las daí?" – pergunta a Vovó.

USANDO UMA PENEIRA.
VÁ PARA A PÁGINA 30

COM UM ÍMÃ.
VÁ PARA A PÁGINA 17

USANDO UM FUNIL.
OLHE NA PÁGINA 26

23

Vovó liga um interruptor e a fábrica se enche de vida. Para recompensá-lo pelos seus esforços – e incrível conhecimento científico – a Vovó lhe oferece o cargo de Chefe dos Chocolates. Que emprego sensacional! Parabéns!

 Funis e filtros de papel são úteis para separar sólidos de líquidos, mas nesse caso temos dois sólidos misturados.

TENTE DE NOVO NA PÁGINA 23

 Não. O oxigênio, que está presente no ar é importante, mas já está aqui.

VOLTE PARA A PÁGINA 22 E TENTE NOVAMENTE

 Um robô aparece ao seu lado mostrando os gêmeos Krunchy em um pequeno monitor.

Há um cilindro de gás fluorídrico nesta sala, muito venenoso. Se você der qualquer resposta errada, ele será liberado e você corre riscos! Acerte tudo e poderá sobreviver... hahaha!

Pergunta 1: qual das reações abaixo não é uma reação química?

UM PREGO ENFERRUJANDO.
VOLTE PARA A PÁGINA 8

A NEVE DERRETENDO.
OLHE NA PÁGINA 33

MADEIRA QUEIMANDO.
VÁ PARA A PÁGINA 18

UMA PLANTA PRODUZINDO ALIMENTO A PARTIR DA LUZ SOLAR.
AVANCE PARA A PÁGINA 41

Sim! Você coloca um recipiente com sal e água sobre uma chama e ferve. A água se transforma em vapor, deixando o resíduo de sal seco no fundo.

"Incrível! Que truque é esse?"
– pergunta a Vovó.

"Não é truque, é só ciência! Mas o processo tem sim um nome especial."
– você responde.

Como é chamado?

 EVAPORAÇÃO.
VÁ PARA A PÁGINA 37

 CONDENSAÇÃO.
OLHE NA PÁGINA 10

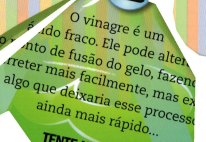

O vinagre é um ácido fraco. Ele pode alterar o ponto de fusão do gelo, fazendo-o derreter mais facilmente, mas existe algo que deixaria esse processo ainda mais rápido...

TENTE NOVAMENTE NA PÁGINA 35

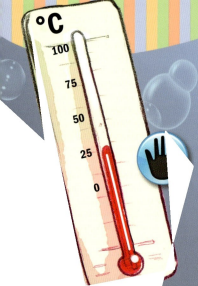

 A temperatura ambiente normalmente é de 25 °C. A água é líquida nessa temperatura. Precisa estar bem mais quente do que isso para ferver.

TENTE DE NOVO NA PÁGINA 21

Isso não está certo. Resfriar significa deixar algo mais frio. Para transformar um sólido em um líquido é necessário derretê-lo.

ESCOLHA OUTRA OPÇÃO NA PÁGINA 21

Não. Um condutor térmico, como o metal, deixa o calor passar mais rapidamente.

VÁ PARA A PÁGINA 12 E TENTE NOVAMENTE

Correto! A mudança de estado físico (fusão ou derretimento) é um fenômeno físico, mas não é uma reação química, pois não há transformação ou combinação da composição das substâncias.

Esta foi bem fácil, só para começar. Pergunta 2: Qual o elemento mais abundante no corpo humano?

CARBONO.
OLHE NA PÁGINA 10

OXIGÊNIO.
VÁ PARA A PÁGINA 20

CÁLCIO.
SIGA ATÉ A PÁGINA 23

Antes de buscar a chave, você vê o quinto envelope dentro de um cubo de gelo. Hora de terminar a missão.

Basta derreter o bloco e você poderá pegar o envelope! Mas não há nenhuma fonte de calor para ajudar nessa tarefa.

Existem muitos itens pela sala. Qual deles poderia ajudar a derreter o gelo?

SAL.
AVANCE PARA A PÁGINA 43

TALCO.
OLHE NA PÁGINA 10

GIZ.
VOLTE PARA A PÁGINA 5

VINAGRE.
VÁ À PÁGINA 28

Não.
O vapor-d'água
é um gás.

TENTE DE NOVO
NA PÁGINA 18

Não. Um termostato é um sensor que responde às mudanças de temperatura. Por exemplo, em uma jarra elétrica, o termostato "avisa" que a temperatura da água já atingiu 100 °C, fazendo o sistema de aquecimento desligar automaticamente.

**VÁ À PÁGINA 16 E
TENTE NOVAMENTE**

Grãos de areia são bastante duros e não se dissolvem facilmente. Você teria que arranjar um ácido muito forte e isso levaria algum tempo....

PENSE UM POUCO MAIS.
VÁ PARA A PÁGINA 43

38

...godão é um tipo de tecido. Embora seja flexível, é também absorvente. Se os doces ficarem úmidos, poderão derreter.

VOLTE PARA A PÁGINA 7 E TENTE DE NOVO

O criptônio é um gás mais "pesado" que o ar. Um balão cheio de criptônio afunda como uma pedra.

VOLTE PARA A PÁGINA 29 E ESCOLHA NOVAMENTE

O giz é uma rocha mole que se rompe facilmente, então o doce derrete na boca! Hum!!!

Agora concentre-se para encontrar o quarto envelope. Ele está dentro de outra cúpula de vidro.

ENVELOPE 4

PROTEGIDO POR SENHA

QUAL DESSAS ROCHAS PERMITE A PENETRAÇÃO E A PASSAGEM DE ÁGUA?

ARENITO. VÁ À PÁGINA 31

MÁRMORE. OLHE NA PÁGINA 36

Não existe ciclo da condensação.

TENTE NOVAMENTE
NA PÁGINA 8

As plantas produzem seu alimento por meio de uma reação química que usa a luz do Sol para converter dióxido de carbono em glicose (açúcar).

VOLTE PARA
A PÁGINA 26 E
TENTE DE NOVO

Sim! A água salgada é uma solução que passa pelo filtro de papel. Porém, as partículas maiores e não dissolvidas de areia ficarão presas no filtro.

"Mas agora temos água salgada! Não posso usá-la para produzir doces! Só posso usar sal em cristais." – Vovó reclama.

Como separar essa solução?

CONGELANDO.
OLHE NA PÁGINA 20

FERVENDO.
VÁ PARA A PÁGINA 28

PENEIRANDO.
VÁ ATÉ A PÁGINA 31

Correto. O sal altera o ponto de fusão (derretimento) do gelo. Isso faz com que ele derreta mais facilmente, transformando-se rapidamente em água.

O bloco de gelo derrete e você pega o último envelope. Agora é a hora de encontrar a chave! Você se aproxima do castelo de areia. A chave deve estar em algum lugar dentro dele.

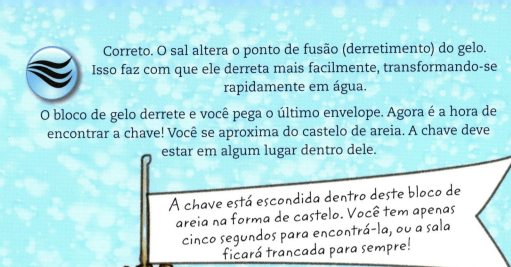

A chave está escondida dentro deste bloco de areia na forma de castelo. Você tem apenas cinco segundos para encontrá-la, ou a sala ficará trancada para sempre!

Procurar na areia demora demais! Como fazer toda essa areia desaparecer rapidamente?

DERRETENDO A AREIA.
VÁ À PÁGINA 30

DESAGREGANDO A AREIA.
OLHE NA PÁGINA 32

DISSOLVENDO A AREIA.
VÁ PARA A PÁGINA 38

Não, uma garrafa térmica mantém líquidos quentes aquecidos e líquidos frios, resfriados.

OLHE NA PÁGINA 16 E TENTE NOVAMENTE

Não, levedura não é o oposto de ácido. Leveduras são pequenos fungos usados para fermentar pães.

TENTE OUTRA VEZ
NA PÁGINA 19

GLOSSÁRIO

ÁCIDO
Substância química com propriedades opostas às de uma base. Ácidos neutralizam bases e álcalis. Ácidos fracos (como o vinagre e o suco de limão) são usados para dar sabor aos alimentos, enquanto ácidos fortes são usados como químicos industriais e podem causar queimaduras.

ÁLCALI
Substância química com propriedades opostas às de um ácido. Álcalis neutralizam ácidos. Ao contrário da maioria das bases, os álcalis se dissolvem em água. Alguns produtos de limpeza, como alvejantes, contêm álcalis bastante fortes, que podem ser perigosos.

ÁTOMO
A menor porção que compõe a matéria. Representa a unidade básica da qual são formados os elementos químicos.

BASE
Substância química com propriedades opostas às de um ácido. Bases neutralizam ácidos. Ao contrário dos álcalis, são quase sempre insolúveis em água.

CALOR
Energia térmica retida ou transferida por um corpo ou entre os corpos (objetos). O calor passa de áreas mais quentes para outras mais frias.

CICLO DA ÁGUA
Caminho da água no planeta, que tem início com a evaporação dos rios, lagos e mares (estado gasoso), formando nuvens. Com temperaturas mais baixas, o vapor se condensa transformando-se em água novamente e voltando à terra na forma de chuva, podendo ser absorvida pelo solo ou voltar para os rios, lagos e mares.

CILINDRO
Recipiente apropriado para o armazenamento de gases. Normalmente os gases mantidos em cilindro de metal estão comprimidos, ou seja, suas partículas estão muito próximas umas das outras.

COMPOSTO
Substância feita por um ou mais elementos químicos combinados.

CONDENSAÇÃO
Mudança de estado físico do gasoso para o líquido, após resfriamento.

CONDUTOR
Material que permite que a eletricidade se transmita com facilidade.

CONGELAMENTO
Mudança do estado líquido para o sólido após resfriamento. Também é chamado de solidificação.

CRISTAL
Substância sólida que apresenta conformação natural geométrica, consequência do arranjo dos átomos que compõem suas moléculas.

DERRETIMENTO
Também chamado fusão. É a mudança de estado sólido para líquido após aquecimento.

ELEMENTO
Unidade básica dos compostos químicos. Um elemento possui sempre o mesmo número atômico (quantidade de prótons). Existem 118 elementos conhecidos.

EVAPORAÇÃO
Mudança do estado líquido para o gasoso, após aquecimento.

FILTRO
Material usado para remover partículas sólidas contidas em um líquido. O líquido passa pelo filtro, que retém as partículas.

IMPERMEÁVEL
Quando um material impede que algo líquido ou gasoso penetre ou passe através dele.

ISOLANTE
Material que impede que a energia térmica passe facilmente. Pode ser usado para manter as coisas na temperatura desejada (frias ou quentes).

LÍQUIDO
Estado da matéria em que as partículas estão próximas, mas se movem constantemente. Um líquido assume a forma do recipiente em que está colocado.

MATÉRIA
Termo geral usado para a substância que compõe qualquer objeto. Tudo que é composto de átomos, possui massa e ocupa lugar no espaço é considerado matéria.

MATERIAL
Todas as substâncias ou conjunto de substâncias são materiais. Podem ser criados pelo homem, como o plástico, ou ser naturais, como a madeira.

MUDANÇA DE ESTADO FÍSICO
Quando um estado da matéria (sólido, líquido ou gasoso) se transforma em outro. Por exemplo, quando um sólido derrete e passa para o estado líquido.

GÁS
Estado da matéria em que as partículas estão bastante afastadas umas das outras. Os gases preenchem completamente qualquer recipiente. Como os líquidos, podem se espalhar, mas também podem ser comprimidos (apertados). São também chamados de vapor.

MUDANÇA IRREVERSÍVEL
Reação química na qual os produtos não podem ser transformados novamente nos reagentes originais. Por exemplo, um bolo depois de assado não pode ser transformado de novo em ovos, farinha e leite.

PARTÍCULA
Elementos minúsculos, invisível a olho nu. Compõem os elementos químicos, a matéria e as substâncias.

PERMEÁVEL
Material que permite a passagem de líquidos e gases através dele.

PONTO DE EBULIÇÃO
Temperatura na qual um líquido ferve e se transforma em gás (vapor).

REAÇÃO
Processo químico na qual duas ou mais substâncias se combinam para formar novas substâncias.

REAÇÃO QUÍMICA
Quando compostos se misturam e produzem novas substâncias.

RESÍDUO
Substância gerada após um processo químico e que não tem utilidade. Precisa ser descartada como lixo químico.

SÓLIDO
Estado físico da matéria cujas partículas estão muito próximas, constituindo uma forma definida. Quando um sólido é colocado em um recipiente, ele mantém sua forma original, não se adaptando à forma do recipiente.

TÉRMICO
Termo que faz referência ao calor.

TERMÔMETRO
Instrumento usado para medir temperatura.

VAPOR
Estado gasoso de substâncias que são líquidas na temperatura ambiente. Gás.

INDO ALÉM...

Os livros da coleção **Jornada Científica** são feitos para estimular os jovens a desenvolver habilidades em Ciências, Tecnologia, Engenharia e Matemática. Eles aprenderão como aplicar o conhecimento científico por meio de aventuras literárias. Para cada história, o leitor deve responder a uma série de perguntas e resolver quebra-cabeças científicos para progredir e chegar ao fim.

Os livros não seguem a ordem direta das páginas. O leitor pula e volta páginas de acordo com a resposta que dá aos problemas. Se a resposta for correta, ele vai para a próxima fase da história; se errar, deverá ser redirecionado para a pergunta e, então, escolher a resposta correta. O glossário do final do livro poderá ajudá-lo a entender conceitos de forma clara e fácil.

O que o professor ou os pais podem fazer para ajudar no desenvolvimento científico dos jovens:

- Ler o livro com eles até que entendam como seguir de um problema para o outro.

- Estimular a leitura individual.

- Acompanhá-los durante o processo de leitura perguntando qual é a história, como ela se desenvolve e quais problemas eles resolveram.

- Conversar sobre como a Física funciona em situações cotidianas; que tipos de energia fazem as diferentes máquinas funcionarem; que forças agem para mover objetos.

- Utilizar jogos de computador que estimulem o desenvolvimento de habilidades científicas e também indicar aplicativos que trabalhem esses temas, pois eles mostram gráficos coloridos e belas animações que ajudam a manter o interesse dos adolescentes e os estimulam a descobrir como as coisas funcionam.

- Acima de tudo, tornar a Ciência divertida.